Made in the USA
Monee, IL
04 February 2022

90566740R00066